Mother Goose Rhymes

Las Rimas de Mamá Oca

Bilingual
Fairy Tales
ENGLISH | SPANISH

illustrated by CD Hullinger

Rourke
Educational Media

Library of Congress PCN Data
Mother Goose Rhymes / Las Rimas de Mama Oca
ISBN 978-1-64156-992-7 (hard cover) (alk. paper)
ISBN 978-1-64369-009-4 (soft cover)
ISBN 978-1-64369-156-5 (e-Book)
Library of Congress Control Number: 2018955791
Printed in the United States of America

Humpty Dumpty

Humpty Dumpty sat on a wall.
Humpty Dumpty had a great fall.

Jumpeti Dumpeti

Jumpeti Dumpeti sentado en el muro
Jumpeti Dumpeti cae y se da duro.

All the king's horses and all the king's men
Couldn't put Humpty together again!

Los caballeros y sus corceles
pegarlo no pudieron ¡ni con cordeles!

Little Miss Muffet

Little Miss Muffet
Sat on a tuffet
Eating her curds and whey.
Along came a spider,
Who sat down beside her
And frightened
Miss Muffet away.

La chiquitilla

La chiquitilla
está en una silla
y come que come cuajada y suero.
Vino una araña
desde un alero
y sin musaraña
da a chiquitilla un susto entero.

Hickory, Dickory, Dock

Hickory, dickory, dock.
The mouse ran up the clock.
The clock struck one.
The mouse ran down!
Hickory, dickory, dock.

Úpeti, dúpeti, doj

Úpeti, dúpeti, doj
un ratón trepó al reloj.
El reloj marcó la una.
El ratón gritó: – ¡Aceituna!
Úpeti, dúpeti, doj.

Jack and Jill

Jack and Jill
Went up the hill
To fetch a pail of water.

Yago y Marina

Yago y Marina
suben la colina
a llenar un balde de agua.

Jack fell down
And broke his crown,
And Jill came tumbling after.

Yago se cayó
la cabeza se rompió,
y Marina dando vueltas lo siguió.

There Was an Old Woman

There was an old woman who lived in a shoe.
She had so many children she didn't know what to do.
She gave them some broth without any bread.
She kissed them all gently and sent them to bed.

Érase una viejecita

Érase una viejecita que vivía en un zapato
tenía muchos niños pero ningún gato.
Dábales un caldo sin un tris de pan
dábales un beso y ¡a la cama van!

Peter, Peter, Pumpkin Eater

Peter, Peter, pumpkin eater,
Had a wife and couldn't keep her.
He put her in a pumpkin shell,
And there he kept her very well.

Pedro, Pedro, comelón de calabazas

Pedro, Pedro, comelón de calabazas
tenía mujer que nunca estaba en casa.
A vivir la mandó en gran calabaza
y allí muy feliz ella se la pasa.

Twinkle, Twinkle, Little Star

Twinkle, twinkle, little star,
How I wonder what you are!
Up above the world so high,
Like a diamond in the sky.
Twinkle, twinkle, little star,
How I wonder what you are!

-Adapted by Jane Taylor

Brilla, brilla estrellita

Brilla, brilla estrellita
muestra, muestra tu carita
lejos, lejos en el cielo
como diamante sin velo
brilla, brilla estrellita
muestra, muestra tu carita.

-Adaptado por Jane Taylor

Baa, Baa, Black Sheep

Baa, baa, black sheep,
Have you any wool?
Yes, sir, yes, sir, three bags full.

One for my master,
One for my dame,
And one for the little boy
Who lives in the lane.

Bee, bee oveja negra

Bee, bee oveja negra
¿puedes darme tú tu lana?
Oh sí, sí, tres bolsas te daré de buena gana.

Una es para mi dueño,
para que tenga buen sueño,
otra es para mi dama
que siempre, siempre me ama.

Hey, Diddle, Diddle

Hey, diddle, diddle,
The cat and the fiddle.
The cow jumped over the moon.
The little dog laughed
To see such sport,
And the dish ran away with the spoon.

Hola, tilín, tilín

Hola, tilín, tilín
el gato y el violín
la vaca sobre la luna.
El perro se ríe de una
de las gracias del minino
y el plato se escapa con la cuchara.

To Market, To Market

To market, to market,
To buy a fat pig.
Home again, home again, jiggety jig.
To market, to market,
To buy a fat hog.
Home again, home again, jiggety jog.

Al mercado, al mercado

Al mercado, al mercado
un gordo cerdito se van a comprar
para tenerlo en la casa de mascota.
Al mercado, al mercado
un gordo cerdito se van a comprar
para tenerlo en la casa de mascota.

Mary's Lamb

Mary had a little lamb,
Its fleece was white as snow;
And everywhere that Mary went,
The lamb was sure to go.

It followed her to school one day—
That was against the rule;
It made the children laugh and play
To see a lamb at school.

-Sara Josepha Hale

El corderito de María

María tenía un bello corderito
de lana tan blanca como la nieve
que siempre con ella daba un paseíto
poniendo su amor siempre de relieve.

Así que un buen día la siguió a la escuela
muy contra las reglas que allí se tenían
y todos jugaban y se entretenían
con el corderito con que compartían.

-Sara Josepha Hale

Teddy Bear, Teddy Bear
Osito, Osito

Teddy bear, teddy bear,
Turn around.

Osito, Osito
baila y gira.

Teddy bear, teddy bear,
Touch the ground.

Osito, Osito
al suelo mira.

Teddy bear, teddy bear,
Show your shoe.

Osito, Osito
muestra su calma.

Teddy bear, teddy bear,
That will do.

Osito, Osito
se alegra el alma.

Teddy bear, teddy bear,
Run upstairs.

Osito, Osito
jamelgo al brazo.

Teddy bear, teddy bear,
Say your prayers.

Osito, Osito
nos da un abrazo.

Teddy bear, teddy bear,
Turn out the light.

Osito, Osito
sube a su coche.

Teddy bear, teddy bear,
Say good night.

Osito, Osito
ten buena noche.

Little Jack Horner

Little Jack Horner
Sat in a corner,
Eating his Christmas pie.
He stuck in his thumb
And pulled out a plum
And said, "What a good
  boy am I!"

Juanito el pillete

Juanito el pillete
merece grilletes
porque en Navidad
con serenidad
sus dedos los mete
dentro de un pastel
que era del castel.

One, Two, Buckle My Shoe
Uno, dos, zapatos colorados

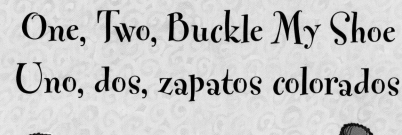

One, two,
Buckle my shoe.

Uno, dos,
zapatos colorados

Three, four,
Shut the door.

Tres, cuatro
la puerta del teatro

Five, six,
Pick up sticks.

Cinco, seis
palitos habéis

Seven, eight,
Lay them straight.

Siete, ocho
ninguno está mocho

Nine, ten,
A good fat hen.

Nueve, diez
pollitos ¡pardiez!

Three Little Kittens

Three little kittens lost their mittens,
And they began to cry,
"Oh, mother dear, we sadly fear
Our mittens we have lost."

Tres bellos gatones

Tres bellos gatones perdieron sus mitones
y los tres al tiempo empezaron a gritar:
Oh madre, Oh madre mía, lo que tú temías
perdimos los mitones los vamos a añorar.

"What? Lost your mittens?
You naughty kittens!
Then you shall have no pie.
Meow, meow,
Then you shall have no pie."

Three little kittens
Found their mittens,
And they began to cry,
"Oh, mother dear,
See here, see here,
Our mittens we have found."

"What? Found your mittens?
Then you're good kittens.
And you shall have some pie.
Purr-rr, purr-rr,
Then you shall have some pie."

¡Qué! ¿Perdisteis los mitones?
Gatones bribones,
entonces no habrá ni dulce ni pastel.
Miau, miau la madre les dijo
entonces no habrá ni dulce ni pastel.

Los bellos gatones
hallaron sus mitones
y empezaron a gritar:
Oh madre, Oh madre
queremos hojaldre
los mitones acabamos de encontrar.

¡Qué! ¿Encontrasteis los mitones?
Ya no sois bribones
tendréis los pasteles tendréis el hojaldre
miau, miau la madre les dijo con gran regocijo
tendréis los pasteles tendréis el hojaldre.

Mary, Mary, Quite Contrary

Mary, Mary, quite contrary,
How does your garden grow?
With silver bells and cockleshells
And pretty maids all in a row.

María, María, llevas la contraria

María, María llevas la contraria
¿Cómo está el jardín?
Con sus campanillas y lagos con verdín.
Mas de la doncella eres adversaria.